A LA RECHERCHE DE BELLA

DE

JEAN GIRAUDOUX

A LIEGE
A LA LAMPE D'ALADDIN
1926

A LA RECHERCHE

DE

BELLA

A LA RECHERCHE DE BELLA

DE

JEAN GIRAUDOUX

A LA LAMPE D'ALADDIN

14, Avenue Reine-Elisabeth

1926

Bella se dérobait. Plusieurs fois j'allai l'attendre à la porte du Ministère de la Justice, place Vendôme. Au pied du mètre type gravé dans le mur, j'attendais. J'attendais, sous la pluie, et en maugréant. Les passants pouvaient croire que j'attendais la Justice elle-même. Je faisais les cent pas, n'ayant d'autre distraction que de les étalonner au mètre type. J'avais le col de mon pardessus relevé, les yeux aigus ; les passants coupables m'évitaient, me croyaient de la Justice secrète. De la porte voisine, porte du Ritz, sortaient dix, vingt, cent femmes. Je m'étais sans doute dans la vie trompé d'une porte ! Que n'aurais-je pas reçu à l'autre, mais par la mienne Bella ne sortit jamais... C'était la première fois depuis la guerre que la chair féminine, les parfums, les fourrures se raréfiaient autour de moi. C'était les premiers jours depuis que je n'avais plus d'uniforme, où mes doigts n'avaient pas ouvert un bâton de rouge, caressé, mamelle de luxe, souvent de l'amour, un réticule, caressé des seins. J'avais troué ce filet de bras nus, qui m'avait reçu en 1919 dans mon premier veston, et je me retrouvai seul par terre, à Paris, sans amis. Mes meilleurs camarades étaient tués. Je n'avais plus guère d'amis de mon âge que parmi les étrangers. Toutes ces lettres, toutes ces pensées, destinées par ma nature et mon éducation à des Limousins, à des Berrichons, à des Savoyards, c'étaient à des Anglais, à un Italien, à un Balte, que je devais maintenant les envoyer. C'est en Américain qu'on me félicitait de ma fête, de Noël. Ma jeunesse ne me souriait plus guère qu'avec des dents en or. Mais voilà que ces âmes de rechange se mettaient elles aussi à disparaître, Murphy tombait dans le Niagara, Druso tuait son président du conseil et se suicidait. Je souffrais un peu de l'immodestie de ces morts, mais les jeunes gens que j'avais rencontrés chez mon père étaient justement, de retour chez eux, les fauteurs de révolution ou de réformes. Celui qui fit sortir les femmes des harems, celui qui souleva la Chine du Sud contre la Chine du Nord, c'étaient mes nouveaux amis. Le journal du matin me donnait de mes amis, en manchette, les nouvelles les plus personnelles. J'aurais mieux aimé une carte postale. Moi qui avais désiré des amis rentiers, notaires, jardiniers, pour lequel l'amitié était une partie de billard à Vaucresson, un jardin à Pramain, mes nouveaux amis étaient Stefanik, Mussolini. Je me cherchais des amis français. Je partais pour le pré Catalan, pour les dancings, avec l'appréhension de mon premier départ pour le lycée. Quels voisins allais-je voir ? Je les cherchais au Café de Paris, là où un autre eût cherché des femmes. Je les cherchais aux environs des femmes, dans les endroits du monde où se trouvent le plus de colliers et de diamants. Je m'asseyais dans le voisinage des jeunes gens qui me paraissaient bien portants et gais. Je raccrochais surtout la franchise, la loyauté. En deuil de l'amour, je raccrochais l'amitié.

J'avais eu tort de ne pas venir plus tôt au Palais de Glace. C'était la fin des vacances. Les platanes du Grand Palais qui avaient orgueilleusement résisté à l'essence des autos, au goudronnage, succombaient à une souffrance qu'ils ne comprenaient pas, et qui était l'automne.

Ils me découvraient maintenant le fronton du Palais de Glace, les feuilles mortes en jonchaient l'entrée, ils m'y menaient comme à l'hiver. Ils m'effleuraient le visage de leur feuille la plus basse et la plus solide, qui tombait, qui mourait de cette première caresse à un homme. Je m'approchai d'eux, je les flattai, je n'avais plus ce sot amour-propre qui empêche les humains de caresser les arbres ; jusqu'à hauteur d'homme, ils étaient maculés, souillés, mais, à partir de la première fourche, plus intacts que ne l'a jamais été arbre à la campagne et sans branche tranchée par l'orage, car le paratonnerre du théâtre Marigny protégeait cette forêt de la foudre. Je me décidai, et, passant sous le portique romain, pour cinq francs, j'arrivai au cœur de la saison encore prochaine...

C'était, certes, la plus anodine des bacchanales d'après-guerre. Trente couples tiraient de l'arène le grincement d'un archet sur un violon sans résonnance. Jamais la terre n'avait été instrument plus muet. Autour d'un Atlantique terriblement condensé sous le gel, Américaines, Françaises, Cubaines, étaient là à leur poste. On buvait de l'orgeat, de la verveine. Toute la naïveté laissée pour compte des thés dansants était là, et même l'on riait quand tombait un maladroit. La glace avait conservé en ce lieu seul la bonne humeur. Les dangers qui étaient là n'étaient plus mortels. L'eau était là, mais vaincue et solidifiée.

Quelques demi-mondaines étaient là, mais ce n'était pas l'amour qui réunissait les couples, c'était l'équilibre. Un désir d'équilibre sans doute me prit, d'équilibre avec une blonde, avec un boléro bordé de chinchilla, je me lançai vers l'une d'elles. C'est juste à ce moment où j'allais lui être infidèle que m'atteignit l'amitié. Un jeune homme me heurta, vit mon visage contrarié, se mit à rire, et s'enfuit.

Je m'amusai à le poursuivre. Délaissant la femme qui m'attendait en décrivant des circonférences parfaites, par une suite d'étoiles, de quadrilatères et de triangles, j'arrivai à rejoindre mon ennemi, et à le toucher du doigt. Il ne résista plus, il était pris. Je le fis prisonnier, comme l'on fait d'ailleurs les prisonniers à la guerre et à la marelle, en les touchant du doigt bien plus qu'en les saignant. Il se présenta, m'invita à sa table que je voyais là-bas garnie d'un autre jeune homme et de deux jeunes filles, et nous regagnâmes le sol ferme, du pas des acteurs grecs en costume dans les coulisses, d'une marche bien saccadée et laide pour deux nouveaux amis, et comme tous ceux d'ailleurs qui sortent d'une belle fiction : en canards.

Je restai avec eux. De temps en temps un de mes amis s'échappait sans prévenir, comme un pigeon de sa grange, patinait à toute allure derrière quelque moucheron, et revenait satisfait. Dès qu'il s'était amassé un peu de silence ou de gêne à notre table, l'un de nous se précipitait ainsi et tournait un moment sur ce qu'il y a de plus lisse en fait de croûtes jeunes. Quand nous entrions au bal, visage éclatant, sous des becs électriques, ils me mettaient inconsciemment au milieu de leur groupe, m'éloignaient de quelques mètres de ceux qui auraient reconnu sur moi, à des stigmates invisibles aux jeunes, que j'avais passé la trentaine, et quand je jouais au rugby avec les jeunes gens, ils me plaçaient aussi au centre de l'équipe. Ils me soignaient tous quatre comme les filles du roi soignaient Achille, dissimulant ces dix années d'aînesse comme un sexe. A vrai dire, je ne me sentais vraiment leur égal qu'au bal masqué, quand, tous cinq sous le même domino noir, nous échangions toutes les plaisanteries qu'on fait sous les tunnels, nous disions toutes les vérités qu'on dit dans l'obscurité. Mais, en plein air, j'étais parfois acculé à la fourberie. J'éprouvais sans broncher pour la seconde fois des impressions premières. Hypocritement, je devais marquer un temps devant des sensations que je n'éprouvais plus, devant un écrasé par exemple, car aucun d'eux n'avait vu d'accident et de mort. Tous quatre pâlissaient, et moi, qui étais un de ceux qui depuis les Teutons ou les Cimbres ont vu le plus de cadavres entassés, je devais regarder une minute la mort avec mes yeux de vingt ans. Un sourire devant cet écrasé, un geste d'indifférence, un jeu de mots, et j'étais trahi. Devant les mariées aussi. Je vivais à nouveau avec des amis qui n'avaient jamais vu de mort et jamais fait l'amour. Dans ces bals, ces dancings, j'avais la jeunesse des couvents. Ils m'avaient présenté leurs amis, les amis de leurs amis, je n'avais qu'à me laisser faire pour être tissé dans une génération plus jeune. Je n'avais qu'à me mentir un peu pour éprouver à nouveau mon premier amour, pour embrasser pour la première fois, pour pousser pour la première fois sur les marches qui conduisent au Sacré-Cœur, le soir, une jeune fille, pour faire mon premier geste hardi. Ma jeunesse me retombait comme un doux rocher de Sisyphe. Les grands orages, les tournants de la Seine à Meudon me disaient : — Je suis ton premier orage, je suis ton premier tournant de Seine ! Trompée par mon entourage, toute la nature se trompait à mon égard, et me fournissait, devant les châteaux, les forêts, les charmilles, au lieu de son langage implacable connu de moi avec ses roueries et ses grâces, me fournissait des naïvetés, des balbutiements. Si j'éprouvais le besoin de montrer à mes amis les quartiers que j'habitais autrefois, dans les rues usées depuis vingt ans par mon regard et mon pas, je voyais tout rajeunir autour de moi, les couleurs des devantures s'avivaient, les pieds des boutiques de moulagistes me donnaient un jeune dégoût, et j'allais plus allègrement, en saumon qui remonte son fleuve. La nuit tombait, je donnais le bras aux jeunes filles ; et soudain, si nous regardions le ciel, je voyais une étoile, la première...

Il se trouva que vers la même époque, je rencontrai aussi un camarade de guerre qui m'emmena chez lui. Mais il n'était pas non plus de mon âge. C'était mon aîné de quinze ans. Si l'égoïsme vital me poussait vers les jeunes, un attrait aussi grand me jeta dans cette génération à cheveux gris-sel pour les hommes et dorés pour les femmes. Mon camarade habitait un appartement peuplé d'objets, de livres qui à dix ans près n'étaient pas faits, n'étaient pas écrits pour moi, et dans ce mobilier à mes yeux aussi inaliénable qu'un cercueil, il vivait un âge qu'il croyait libre et vivant. Ses bronzes de Rodin, ses grès de Carriès, ses fleurs d'Odilon Redon me paraissaient aussi anciens et fatals que les objets des nécropoles. Du fait de ces quinze ans seulement, et bien qu'ils eussent été jeunes pour mes aînés directs, c'était une lumière d'éternité, presque le renoncement, de deuil, qui tombait des Cézanne et des Renoir. Tous les artistes, toutes les particularités d'art qui avaient ennobli la vie de mon camarade, me semblaient maintenant l'alourdir, la pétrifier. Mais d'autre part, j'admirais ce quadragénaire d'être au centre même de l'existence. Tous ces nœuds qu'une existence d'homme a pour but de former ou de dénouer, il en avait le maniement. Médecin, il était à l'âge où il pouvait être le plus redoutable pour la maladie. Ce que la jeunesse appelle des biens fugitifs, la fortune, la maîtrise de soi, la renommée, il était justement en train de les saisir. Il était à cet âge où les hommes ont découvert la vapeur, l'électricité, et le mouvement même des planètes. Il portait dans ses yeux, comme tous les quadragénaires, cette flamme inconnue dans les autres regards et à laquelle s'enflamme à distance l'essence du monde. Je le trouvais entouré de gens dont pas un n'ignorait ce qu'est la vie, et dont tous, femmes ou hommes, s'entendaient à la fois pour entasser le maximum de besogne humaine et râfler le maximum de joies. Tous ces mots de jour, d'aube, de crépuscule, coulaient sur des êtres mûrs, gonflés par l'âge à leur densité extrême, mais les rides, la presbytie, étaient encore de jeunes rides, une jeune presbytie. Les mots de Passion, de Liaison, d'Amour se disaient devant les femmes à poitrine pleine, qui connaissaient tous les procédés d'étreinte ou d'apaisement. Elles étaient folles de couturières, et donnaient chaque semaine leurs beaux corps à la mode comme à une armure éternelle. Chacun de ces êtres était à la fois son symbole et son secret. Je les admirais et les plaignais. Eux aussi affectaient de me croire leur contemporain, me plaçant en serre-file cette fois quand nous sortions ensemble. Je les plaignais.

Je voyais cette génération entrer dans la lutte suprême contre l'âge avec des armes de vieux modèle, avec des impressionnistes, des pastellistes de fleurs, alors que les armes percutantes de l'année, et devant qui la mort n'insistait pas, étaient Derain et Picasso. L'un d'eux déclarait parfois tout haut son amour pour Sisley, pour Jongkind : c'était un aveu d'impuissance, c'était une provocation à la mort. Chacun des noms propres d'ingénieurs, de demi-mondaines, d'écrivains qu'ils prononçaient me paraissaient sur eux des étiquettes de mortalité, tandis que ceux de mes jeunes amis étaient des firmans contre la mort. Mais, au milieu d'eux, sur cette mer agitée dont seul je ne courais pas les périls, d'une chair et d'une âme encore insensibles à leurs maux et à leurs soucis, j'avais tous les délires d'une traversée pour eux suprême et pour moi anodine. Avec ceux-là aussi je devais être hypocrite. J'avais à me montrer plus engourdi devant les voitures, devant les balles de tennis. Aux mots de Bronchite, de Rhumatisme, qui étaient pour mes cadets aussi inoffensifs que les mots Coryza ou Fluxion, je devais prendre l'air grave, soucieux. C'étaient les ennemis, les vainqueurs des hommes qui déjà s'annonçaient ainsi, par de petits coups à l'orteil ou aux côtes. C'était la punition, comme disent les boxeurs, qui allait en vingt ou trente ans les mettre hors du ring... C'est ainsi que pendant deux mois, n'ayant plus autour de moi mes propres années, je vécus en parasite chez la génération cadette, y buvant sournoisement la jeunesse, chez la génération aînée, y goûtant un fruit non moins défendu, et j'étais heureux, car de ces âges je n'avais ni du premier l'ignorance ni du second la peur. Libre à moi de choisir définitivement l'une d'elles. Deux âges différents s'ouvraient sans secrets et sans réserve à moi, orphelin de mon âge propre.

Je ne me décidais pas. La jeunesse me flattait. J'étais flatté d'escorter à bicyclette les jeunes filles le long de routes surchargées de l'odeur des acacias, dans laquelle se noyait presque leur parfum à nom encore inoffensif : Première Valse, Aube Grecque. J'aimais leur aisance dans la vie, cette aisance qui permet à ceux-là seuls qui ignorent tout de la vie de s'y promener sans erreur. Elles étaient secrètes et souvent muettes, pleines d'une confiance voulue, d'une défiance native, avec des mouvements justes, avec une pensée à la fois sauvage et apprivoisée qui se plaçait toujours près de la vôtre, dédaigneuse cependant et insaisissable, comme le chat à un millimètre du point où le chien peut l'atteindre. Elles étaient dans cet âge si vite déformé où la nature semble avoir créé les femmes pour faire de chacune le symbole d'une qualité. L'une n'était que générosité, l'autre qu'audace. Au lieu de ces palettes qu'étaient leurs aînées, sur lesquelles tout était écrasé et mêlé, veulerie et énergie, indifférence et dévouement, non sans un soutien de rouge et de kohl, j'avais là deux couleurs séparées, nouvelles, et qui pouvaient me servir pour un nouvel art. Cependant je les quittais sans peine. Avec elles j'avais souvent le sentiment de celui qui au Jeu de l'Oie a dû rétrograder et revient dix cases en arrière. J'avais, au milieu de ce groupe, le sentiment d'avoir retourné la lorgnette, de regarder par le gros bout ce qui était le but, l'enjeu de ma vie, ce que ces jeunes gens appelaient déjà de son vrai nom la mort. De la voir faussement éloignée me causait un malaise. Dans l'autre groupe au contraire, je la voyais par le petit bout, à travers des femmes belles et mûres, des hommes puissants et minés...

De la savoir faussement proche, j'étais heureux.

Un jour, à l'exposition canine, je vis les deux groupes arriver chacun par une porte. Ils se précipitèrent sur moi, se heurtèrent sur moi. Mon camarade de guerre et le jeune homme du Palais de Glace me prirent en même temps la main, puis se reconnurent, et la laissèrent tomber.

— Tiens, bonjour, Bernard ! dit le premier.

— Bonjour, mon père ! dit Bernard.

Ils s'affrontèrent du regard. C'était le père et le fils, qu'un divorce avait éloignés depuis dix ans.

— Tu connais mon ami Philippe ?

— Ton ami ? C'est le mien. Je le vois tous les jours.

On eût dit un de ces coups montés, dans les comédies, où l'on découvre les imposteurs. Je me sentis traître à chacun, traître aussi à mon vrai âge. Ils me laissèrent là. Par bonheur, j'aperçus Fontranges. Je courus à lui. Tout ce que mes rapports avec l'âge mûr et la jeunesse contenaient d'équivoque disparut près de ce vieillard, comme il en eût été d'ailleurs près d'un enfant.

Il ne m'évita pas, et je l'escortai tout l'après-midi, assistant à sa réconciliation avec chaque espèce canine. J'étais à l'aise avec lui ? Je n'avais pas, avec cet homme à cheveux presque blancs, parvenu sans équivoque à la vieillesse, à forcer ni ma jeunesse ni mon âge. Tout dans son langage, son allure, son vêtement, calmait en moi, au lieu de la troubler, ma vie. J'avais trouvé. A défaut de compagnons de génération, ce n'était pas un aîné, ce n'était pas un cadet qui me donnaient la force et la conscience de mon âge, mais un vielliard. J'avais ce vis-à-vis pour me situer et me connaître. Quand je voyais ses veines un peu gonflées, ses articulations un peu noueuses et craquantes, ses prunelles pures encastrées dans un œil fendu de filets rouges, tous les objets autour de nous, tous les sentiments se replaçaient de moi à la bonne distance, la mort ni trop près ni trop loin, l'ambition à ma gauche, l'amour dans mes bras mêmes. Peut-être un enfant de deux ans m'eût-il donné la même conscience. Mais aujourd'hui, grâce à Fontranges, je faisais le point de ma vie là où elle était la plus profonde. Près de ces mains qui savaient encore serrer, à peine étreindre, de ce cerveau lucide mais déjà exsangue, au son de cette voix presque blanche, à entendre cet homme me raconter qu'il allait abattre des futaies qu'il avait lui-même plantées, démolir le puits artésien qu'il avait foré à l'époque des puits artésiens, je frémissais du génie exact de mon âge. Oui, j'avais trente-quatre ans. Oui, j'étais à l'âge où les monuments ont leur vérité, où les Pyramides, la Tour Eiffel, Trianon ont leurs proportions exactes. La nature de mon amour pour les femmes me devenait soudain évidente, à voir ce long nez fin où les cartilages déjà succombaient. Le soleil éclaira tout à coup la Gare d'Orsay, la Légion d'honneur, tous bâtiments que je croyais d'ailleurs exposés au Nord ; je ressentis soudain le degré exact de chaleur qu'aura eu pour moi dans ma vie, le soleil. Mes instincts, mes désirs, mes penchants, plafonnaient sous ce ciel d'arrière été. Je suivais Fontranges de cage à cage, aide de camp de la vieillesse. Des femmes trop poudrées passaient, des pères avec leurs filles, je sentais en moi une idée précise, pour la première fois, sur l'adultère, sur le mariage. Ma virilité naissait tout à coup, non de la guerre, non de l'étude, mais d'une promenade avec un homme âgé et simple. Tout ce que Nietzsche, et Platon, et Plotin n'avaient fait que brouiller en moi, Fontranges m'aidait à le dégager en champion de jonchet. En moi je dégageais l'énergie sans que tremblât l'amitié, l'ironie sans que la foi bascule. Fontranges, consolidant de temps à autre son épingle de cravate en fouet d'or, ne se doutait pas qu'il escortait un homme au comble de sa destinée. Comme on force un lutteur qui va faire des poids à frotter ses mains à un tampon de talc, il me forçait, avant chacune de mes pensées géantes, à passer les miennes sur un dos de chien, et, avant la pensée qui contenait Bella, sa fille, pour que mes mains fussent le plus souples et le plus sûres, sur un caniche.

BELLA

AUX

JEUX OLYMPIQUES

C'était le début des Jeux et les nations défilaient. Elles débouchaient de la porte d'honneur dans l'ordre où elles seraient sorties de l'arche, par lettre alphabétique. Autour du stade flottaient toute une série de nouveaux drapeaux. Des couleurs qui jusqu'à ce jour n'avaient jamais personnifié les sentiments humains de premier ordre, ni les révoltes de bonne classe, ni les sacrifices historiques, le tango, le mauve, l'aubergine, flottaient. Le traité de Versailles donnait aux géographes et aux enfants un prisme neuf pour voir le monde. Ces langes aux couleurs modernes des nations naissantes attendrissaient Bella, sensible à toute mode. Sous un soleil qui soulignait dans le défilé la moindre cocarde prune ou mordorée, mais qui doublait le cortège d'un cortège égal d'ombres toutes bleues et semblables, chaque peuple nous saluait maintenant, car les Orgalesse m'avaient forcé à prendre des tickets spéciaux pour la tribune d'honneur. Ils nous saluaient de façon différente, le Brésil en portant son pavillon au nez et en le pointant vers l'unique nuage qui passât au zénith, l'Uruguay par des signes individuels à la foule, à toutes les jolies femmes, et, reconnues par l'Uruguay, les jolies femmes souriaient et lui étaient pour toujours attachées. Les Chinois étaient absents, mais l'on avait choisi pour porter leur panonceau et leur pavillon, les deux athlètes français dont les yeux étaient le plus bridés. C'était deux grands Chinois coiffés à l'argentine et roses et blancs comme les Chinois du XVIIIe. Parfois, une nation pauvre, dont le comité sportif manquait d'argent, défilait nue, un peu honteuse, mais la nudité est la richesse des athlètes, et l'on acclamait leurs muscles luxueux, leurs cuisses millionnaires. Puis des peuples qu'on devinait, tant le costume de ses coureurs était de coupe nette, leur crâne bien rasé, qu'on devinait riches en téléphones, en tramways, en appareils automatiques pour les cuisines, en balais aspirateurs. Pas de Colombie. Entre la Chine et Cuba, pas de Colombie. Une de nos voisines regrettait que la Colombie ne vînt pas à Colombes et souriait, imaginant faire un jeu de mots, mais son sourire était d'un degré plus tendre, plus fin qu'elle ne croyait, car c'était une allitération et non un calembour. En tête de chaque délégation marchait un géant. C'était le défilé des rois grecs avant le départ à la recherche d'Hélène, et justement les Grecs passaient maintenant, les seuls qui eussent des culottes de soie. Les femmes aussi allaient à la conquête d'Hélène, des Américaines qui marchaient au pas jusqu'au fond des hanches, des Françaises qui allaient l'amble, des Méditerranéennes qui marchaient au pas jusqu'au genou et des Danoises à gros gants, à masque de treillis, qui semblaient partir à la chasse aux abeilles. Dans ces femmes et ces hommes déguisés en communiants du sport, notre voisine, une sportive sans doute, découvrait à leur regard les nageurs et les nageuses qu'elle n'avait vus que nus. Toutes les grandes nations étaient groupées au milieu du ruban, autour des lettres médianes, E, F, G, I, effleurant les seins de la gloire. La Nouvelle-Zélande ne présentait qu'un couple, un jeune homme en veston bleu et pantalon blanc, une jeune fille en flanelle pure. Ils avaient des canotiers. Ils étaient réservés vis-à-vis l'un de l'autre, mais ils souriaient à la foule... On aurait dit un mariage. Puis mille pigeons furent lâchés. Ils partirent à tire d'aile, mais sans exagérer. Ils avaient dix jours pour revenir avant la revue du 14 juillet. Dans les cohortes, notre voisine découvrait maintenant à des organes et à des muscles invisibles pour nous et que les Orgalesse tentaient vainement de voir, les tireurs, les sauteurs, les boxeurs. Des soigneurs couraient pour remettre quelque chronomètre à un chef de délégation comme on court le long du quai après le bateau qui s'ébranle. Tout cela avait bien l'air en effet d'un grand départ, d'une de ces parades de peuples qui se rendent chez le Minautore ou à la croisade, et c'était le départ d'une course de cent mètres.

Quatre mille athlètes à gestes rythmés, à bouche silencieuse, dont le pas lui-même était feutré par des souliers de tennis, c'était bien les figurants qu'il fallait à notre pantomime. Mais c'était bien par contre le défilé des quatre mille humains les moins faits pour intriguer Jérôme et Pierre. Presque tous avaient vingt ans à peine, en presque tous le souci du corps avait reculé l'âge de l'amour, écarté le drame. On sentait qu'une liaison fatale eût compromis la course de haies, un esprit homicide le saut en hauteur. C'était la cohorte sur laquelle l'adultère, le remords, la cocaïne avaient au monde le moins de prise. La curiosité des Orgalesse s'émoussait sur ces vestales. Ils trouvaient peu intéressant de voir tout le sang-froid de l'univers couler au milieu d'une foule qui y trempait son délire. Ce n'était vraiment pas intelligent, pour mûrir un conflit moral, de l'avoir conduit dans cet espace libre où, aux accents d'une cantate suisse chantée pour la première fois à si faible altitude, par ce défilé d'âmes stérilisées et de corps communiants, cette procession sans divinité parvenait à faire naître, dans quarante mille cœurs latins, le premier sentiment anglo-saxon, et le plus naïf. La foule française, amie des héros, était justement en train d'acclamer tous ceux qui, à la place des grands héros de l'histoire, seraient restés anonymes à cause de leur force ou de leur adresse même. Si celui-là avait été le soldat de Salamine, il serait arrivé à peine haletant. Si celui-là avait été Léandre, il eût nagé sans accroc à travers le Bosphore. C'était des Roland qui auraient pu souffler tout le jour sans que la veine se rompît, des Louis XVI qui, même à pied, n'eussent pas été rattrapés à Varennes. Les Orgalesse souffraient de voir remplacer les grands efforts par la puissance, les morts sublimes par l'aisance. Que de dénouements, que de tragédies pathétiques l'athlétisme allait ravir aux humains ! Ils n'y tinrent plus, se levèrent, et nous entraînèrent à la piscine.

C'était un vaisseau moins grand certes que le stade, mais guère plus intime. Rien de la piscine de l'Automobile-Club, voilée, sourde, où l'on pouvait confier à son voisin sans crainte d'être entendu les victoires obtenues sur la femme du nageur le plus proche. Le moindre geste des concurrents renvoyait un rond de soleil, les mots non officiels eux-mêmes de l'arbitre retentissaient. Des amis placés aux virages opposés conversaient sans élever la voix, comme dans les vallées et les salles antiques. L'âme des Orgalesse en était à regretter la poussière, la verdure du stade, qui étaient du moins des éléments de secret. C'était l'eau la plus transparente, l'eau la moins mystérieuse du monde. Les plongeons de champions qui s'y précipitèrent de toutes parts ne parvenaient pas à faire croire qu'elle contînt un seul trésor. Rien à espérer de nous deux au milieu de cette race marine. Les spectateurs étaient plus gros du tiers que les spectateurs des théâtres, du rugby, plus gros du double que ceux des thés dansants. Les Français étaient des Français énormes, mais la proportion des tailles entre les races subsistait quand même, et les Hollandais étaient des géants. Les spectatrices elles-mêmes étaient plus grandes et plus larges ; c'était toutes d'anciennes nageuses, elles n'avaient aucune poudre, aucun rouge; en se noyant, elles ne risquaient pas de laisser au-dessus d'elles, sur la surface de l'eau, ce masque de fard qui décèle, dans les étangs et les eaux tranquilles, une Parisienne noyée. C'était les femmes qui, le jour du déluge, se débattraient jusqu'au bout, nageant la brasse sur le dos jusqu'à l'arrivée de l'arche. D'ailleurs il était tard, la séance finissait. Les entraîneurs attiraient les nageurs hors du bassin comme des otaries, en leur montrant des toasts et des crackers. Polies par l'eau à la paille de fer, les nageuses, sur le rebord de la piscine, au lieu de remettre un chapeau, arrachaient leur bonnet, et mettaient des cheveux blonds touffus, excepté l'une, qui eût des cheveux blancs. Il n'y eut bientôt plus dans l'eau obscurcie par le crépuscule qu'un seul remous, et soudain la tête du champion des champions femmes apparut juste au milieu du bassin, à peu près là d'où surgit, dans les parties de Water-polo, la corbeille qui tient la balle... Pour quelle partie entre quelles équipes ? Le champion femme semblait ne rien sentir, ne rien entendre. Nous voyions les bras, les mains, les épaules s'agiter dans l'eau, mais les paupières, les lèvres étaient immobiles. Tout le jeu de ses jambes, de ses reins, nourrissait sur cette tête l'impassibilité. Ses pieds remuaient doucement, ses hanches s'ouvraient. Tous les réflexes marins nourrissaient un chagrin, une distraction terrestre. C'était la première île de mélancolie qui eût flotté sur ce bassin d'ébats municipaux. Les Orgalesse se précipitèrent sur le programme comme sur une carte, pour savoir son nom, mais déjà le visage avait plongé et reparu joyeux...

ATTENTE

DEVANT

LE PALAIS BOURBON

Victime lui aussi de la crise du logement, qui maintenait dans les ministères les ministres déchus et en éloignait les ministres nouveaux, Rebendart ne pouvait encore s'installer place Vendôme et demeurait jusqu'à nouvel ordre au Palais-Bourbon. C'est là, devant le quai, à hauteur du Palais d'Orsay, qu'un matin je vins m'installer, moins pour attendre Bella que pour essayer de voir si la volupté de l'attente m'était encore accordée. Au dernier moment, je n'avais pas eu le courage d'attendre à pied, j'attendais en automobile. Quelle heureuse place d'attente j'avais d'ailleurs choisie! J'étais juste en face de l'Exposition des Arts décoratifs naissante, de la ville qui fut construite le plus vite, et je pouvais suivre à l'œil nu, en ma matinée, la croissance des monuments. J'étais en face du kiosque où les ouvriers achetaient leur pain et leur saucisson. J'étais nourri. Des agents voulurent me chasser. Je leur montrai cette carte de circulation qui m'avait permis d'arriver jusqu'aux incendies, aux inondations, au cœur des scandales, de voir les ruines fraîches, les cadavres frais. Elle me permettait aujourd'hui de voir Bella, de voir Bella à sa première sortie, avec son premier fard. J'attendais la seule femme qui vécût dans ce palais. Le Palais lui-même s'éveillait avec honneur, sans les ébrouements et les vulgarités qu'avaient les maisons de celles que j'avais aimées jusque-là, sans volets qui battent, sans tapis, sans poubelle. Le soleil faisait évaporer du jardin un léger brouillard, et du ministère les chiffreurs de nuit. Je les reconnaissais. Leurs yeux papillotaient devant ce jour dont moi seul avais le chiffre. Je ne les enviais pas. Je ne voulais rien savoir d'aucun mystère. Je me réservais pour la matinée un cœur à jeun, une âme vide. Rien ne me manquait dans cette île au milieu du monde qu'était ma petite voiture, île bleue, avec, nickelées, les parties d'elle que l'on touche. J'avais réalisé l'isolement. Les êtres dont je désirais autrefois la présence dans les carrefours de ma vie, je n'avais plus besoin d'eux. Benjamin Constant, Lautréamont, je ne souhaitais pas qu'ils fussent là, sur les coussins d'arrière, s'amusant à ouvrir les phares ou à corner. La terre m'avait poussé ce matin hors d'elle sur cette barque isolante, et aucun de ses mouvements ne m'atteignait. J'avais pour la première fois un amour, un sentiment sans cortège. Je le sentais aujourd'hui mordre sur mon cœur même, sans ces témoins classiques ou vivants qui m'assistaient jusqu'ici en tout duel. Ce qui allait m'arriver aujourd'hui était pour moi, et non pour mes ascendants, mes descendants, ou mes maîtres. Pour la première fois les autobus effleuraient un homme vraiment seul, les trains de Versailles que j'entendais sous leur tunnel attaquaient souterrainement un homme seul. La rumeur de la terre m'arrivait sans que je fisse aucun bruit dans ce murmure, comme à l'aéronaute. Parfois je descendais de mon auto. Je faisais quelques pas autour d'elle. Je jetais un coup d'œil sur la Seine. J'y voyais, comme l'aéronaute, des poissons. Puis je remontais vite, comme un lapin qui regagne son terrier ou plutôt une statue, surprise en fraude, son piédestal. Tout ce qui arrive d'ailleurs aux automobilistes dans une longue course m'arrivait dans cette halte. Un pneumatique s'affaissa soudain. Une courroie de capote sauta. J'eus l'impression que le moteur, bien qu'à l'arrêt, défaillait. Tous les accidents d'une longue vieillesse survinrent dans cette matinée. Une légère ondée tomba. Je tendis ma capote. J'étais enfin sous ma tente. J'étais bien un nomade. A nouveau, comme autrefois, la volupté d'attendre me libérait de tout, et même de celle que j'attendais. Il ne manquait autour de l'auto qu'un cheval broutant et les levriers de garde.

Dix heures sonnèrent. La gare de Versailles qui n'avait déversé jusqu'ici que des dactylographes, déversait maintenant leurs patrons. Je voyais maintenant entrer au ministère des Affaires étrangères ses habitués. C'était le seul ministère où tous les fonctionnaires étaient vêtus avec soin. Ils y arrivaient comme à un cercle où l'on se rend dès l'aube. Je reconnaissais les spécialistes que j'avais vus à l'Ecole des Langues orientales, celui de copte, celui d'abyssin poétique, celui d'abyssin pratique, le chaldéen, le persan. Au passage de chacun, leur spécialité et leur vocabulaire colorait mon attente, me fournissait de l'attente une nouvelle définition. L'attente est un tapis vivant. L'attente est une gélinotte entre des mains puissantes... Le directeur de la comptabilité passa. L'attente c'est mille divisions, mille multiplications, les quatre règles se rongeant elles-mêmes... Oui, j'avais à nouveau cet heureux fonctionnement, ce calme de mes artères, de mes sens que je n'éprouve que dans l'attente, cet état de divination qui m'eût fait trouver en ce moment, bactériologue, le microbe du cancer, diplomate, la vraie formule de la Société des Nations. A peine mécanicien, je voyais à apporter sur cette petite automobile dix perfectionnements faciles. A peine architecte, je voyais tout ce qui manquait, tout ce qu'il y avait en trop au Pont Alexandre III. Ignorant du quai d'Orsay, je voyais, je sentais que le Directeur de l'Océanie, ami de mon père, n'était pas encore passé, et je l'attendais. Ce n'était pas que je fusse tout optimisme. J'avais un regard bien trop perçant aujourd'hui. Je voyais sur ma machine des fourmis déjà établies sur les roues, de l'eau rouillant le nickel. Je la voyais un peu enfoncée dans la chaussée. Le travail de délabrement qui ensevelit Babylone, et Bactres et la Crète, avait déjà commencé sur elle. Ne croyez pas non plus que je ne voyais pas ces passants vieillir, la Tour Eiffel sous la poussée des matériaux s'épaissir, la Seine avancer sur chaque quai dans son labeur de destruction. Mais j'avais remplacé l'attente de Bella, ainsi qu'on échange pour un bal son vrai collier contre un faux, par l'attente de ce directeur d'Océanie. C'était sans danger pour mon âme, et le plaisir était de même ordre. J'y gagnais même. Au lieu de garder la seule porte par laquelle Bella pouvait sortir, j'avais à surveiller tous les ponts de la Seine, car il habitait à Courcelles. Soudain, je tressaillis, il était près de mon auto et me parlait.

— Eh bien, jeune homme? dit-il.

On ne pouvait trouver pour m'appeler deux mots plus justes. Je me sentis qualifié jusqu'au fond de l'âme. Jeunesse et virilité, c'était bien aujourd'hui mes composantes, et je n'avais que celles-là. Les mots bel adolescent, vieil ami, cher camarade, étaient des anses cassées pour me saisir. Comment allais-je pouvoir répondre à tant de précision et aussi à tant de justice? — Jeune homme! — Quelle conversation étonnante allait être la nôtre, si le directeur d'Océanie avait aujourd'hui pour désigner humains et sentiments des termes aussi exacts et redoutables.

— Qui attendez-vous? demanda-t-il.

Voilà que j'allais être obligé de mentir à ce voyant.

— Vous, lui dis-je en riant.

Il se sentait au cœur d'un secret. Il se doutait que je m'amusais à faire de cette conversation banale une joute et une épreuve pour le langage humain. Il dit, et ce fut encore la seule chose qu'il pouvait dire :

— Excusez-moi donc d'être en retard, et bonjour à votre père, auquel vous ressemblez.

Et m'ayant remis comme un masque cette ressemblance auquel je tenais tant, m'ayant recouvert, suivant quelque politesse océanienne, non de mon chapeau, mais de la tête même de mon père, il me quitta, d'un pas plus lent, comme si son office n'avait pas été de venir étudier la nomination de l'Evêque des Nouvelles Hébrides, mais de me libérer de l'obligation volontaire que j'avais prise à son égard, et il entra dans le Ministère... C'en était fait. J'étais seul avec Bella...

TABLE

Il a été tiré de cet ouvrage, le deuxième de la collection " A LA LAMPE D'ALADDIN " 1 exemplaire unique sur vieux Japon portant le n° 1. 20 exemplaires sur papier du Japon, numérotés 2 à 21. 40 exemplaires sur papier Madagascar des papeteries Navarre, numérotés 22 à 61. 300 exemplaires sur papier vergé baroque thé, numérotés 62 à 361. Il a été tiré en outre, 35 exemplaires sur vergé baroque crème, numérotés en chiffres romains I à XXXV, réservés à M. Herbillon-Crombé, libraire à Bruxelles.

Exemplaire No 251

Achevé d'imprimer le 5 Mars 1926 sur les presses des Artisans Imprimeurs, sous la direction technique de F. Lefèvre, 23, rue de la Mare, à Paris (xxe), pour les Editions de la Lampe d'Aladdin, P. J. Aelberts et M. Dethier, directeurs, 14, avenue Reine Elisabeth à Liège, Belgique.

www.ingramcontent.com/pod-product-compliance
Ingram Content Group UK Ltd.
Pitfield, Milton Keynes, MK11 3LW, UK
UKHW020357180726
13839UKWH00003B/1158